Que la vie est belle !

sur la banquise !

premières lectures

...pour les enfants qui apprennent à lire

Le texte à lire dans les bulles est conçu pour l'apprenti lecteur. Il respecte les apprentissages du programme de CP :

le niveau **JE DÉCHIFFRE** correspond aux acquis de septembre à novembre ;

le niveau **JE COMMENCE À LIRE** correspond aux acquis de novembre à mars ;

le niveau **JE LIS COMME UN GRAND** correspond aux acquis de mars à juin.

Cette histoire a été testée à deux voix par Francine Euli, enseignante, et des enfants de CP.

Cet ouvrage est un niveau JE COMMENCE À LIRE.

MIXTE
Papier issu de
sources responsables
FSC® C022030
www.fsc.org

© 2011 Éditions NATHAN, SEJER, 25 avenue Pierre de Courbertin, 75013 Paris
Loi n° 49-956 du 16 juillet 1949 sur les publications destinées à la jeunesse,
modifiée par la loi n° 2011-525 du 17 mai 2011.
ISBN : 978-2-09-253035-1
N° éditeur : 10210439 – Dépôt légal : mai 2011
Achevé d'imprimer en septembre 2014 par Pollina (85400 Luçon, France) - L69918

Que la vie est belle sur la banquise!

TEXTE DE RENÉ GOUICHOUX

ILLUSTRÉ PAR MYLÈNE RIGAUDIE

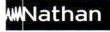

Ce matin, dans la savane,
Toriki le petit lièvre n'est pas content
du tout. Il en a assez de manger
toujours la même chose.
Il se plaint :

Ici, c'est nul !

Kouma, la grande girafe qui passe par là, l'entend. Elle non plus n'est pas satisfaite. Elle trouve que le soleil tape trop fort.

Ici, c'est zéro !

Dans la savane, Marabout l'oiseau
sorcier exauce parfois les vœux
des animaux.
Toriki et Kouma s'en vont le trouver.

Marabout,
on veut
partir !

Marabout prononce :

À la une,
à la deux,
à la trois !

Et hop !

Voici le petit lièvre et la grande girafe
tout tourneboulés, chamboulés,
comme dans un manège :

Ploum! Kouma et Toriki atterrissent
en plein milieu de la banquise,
au pôle Nord.

Qu'il fait
frais ici !

La girafe et le lièvre sont émerveillés.
Tout est blanc autour d'eux.

Les deux amis ne perdent pas
un instant. Tout de suite, ils s'amusent.
Ils glissent, ils se poursuivent,
ils font les fous.

Soudain, au loin, Toriki aperçoit
un groupe d'animaux étranges.

Intrigués, Toriki et Kouma galopent

jusqu'au groupe.

– Bienvenue, leur dit un drôle d'oiseau.

Je m'appelle Amak le pingouin.

Vous avez faim ? Vous avez soif ?

Il leur tend un poisson.

Toriki et Kouma le lèchent.

Puis, ils boivent dans un trou d'eau
que leur montrent leurs nouveaux amis.

Mais voici que subitement, tous les pingouins s'envolent. Toriki et Kouma se retournent.

Un énorme ours polaire leur fait face. Il est très menaçant.

Kouma décide d'agir très vite.
Elle ordonne:

Vite,
sur mon dos,
Toriki!

Les deux camarades s'enfuient, l'ours
à leurs trousses.

Kouma a une idée. Elle propose
une chose incroyable à Toriki.
Quand le gros ours arrive, celui-ci
ne voit plus ses proies.

Où sont-ils?

Ils se sont déguisés en bonshommes de neige. Toriki félicite son amie.

Kouma et Toriki sont fatigués,
ils ont faim et ils ont froid.
Toriki, affamé, soupire :

Si seulement,
je pouvais manger
un fruit…

Kouma, toute grelottante, ajoute :

— Je veux sentir le soleil sur mon long cou…

Tout à coup, ils entendent des cris.

Des bébés phoques sont pris en chasse

par un énorme filet.

Kouma et Toriki se rapprochent pour

aider les petits animaux.

À ce moment-là, le filet s'abat sur eux !

Puis, il s'élève dans les airs, emportant

nos deux amis et les phoques.

Marabout apparaît comme par magie :
– Alors, vous vous amusez bien ?

Marabout les regarde
en souriant
et dit :

– Rentrons
chez nous! À la une,
à la deux, à la trois!

Et hop!

Voici le petit lièvre et la grande girafe
tout tourneboulés, chamboulés,
comme dans un manège, entourés
par une centaine de bébés phoques :

Aaaaaaahhhhhhhhhhh!

Tous atterrissent dans la savane.

Marabout demande :

– Que va-t-on faire des bébés phoques
maintenant ?

Mais, Marabout, c'est toi qui sais tout !

Nathan présente les applications Iphone et Ipad tirées de la collection *premières* lectures.

L'utilisation de l'Iphone ou de la tablette permettra au jeune lecteur de s'approprier différemment les histoires, de manière ludique.

Grâce à l'interactivité et au son, il peut s'entraîner à lire, soit en écoutant l'histoire, soit en la lisant à son tour et à son rythme.

Avec les applications *premières* lectures, votre enfant aura encore plus envie de lire… des livres !

Toutes les applications *premières* lectures sont disponibles sur l'App Store :

À la rentrée de septembre, les enfants de CP entrent doucement en lecture. Afin de les accompagner dans cette découverte et d'encourager leur plaisir de lire, Nathan Jeunesse propose la collection **Premières lectures**.

Cette collection est idéale pour une **lecture à deux voix,** prolongeant ainsi le rituel de l'histoire du soir. Chaque ouvrage est écrit avec des **bulles**, très simples, que l'enfant peut lire car les sons et les mots sont adaptés aux compétences acquises au cours de l'année de CP, et qui lui permettent de se glisser dans la peau du personnage. Par ailleurs, un «lecteur complice» peut prendre en charge les **textes**, plus complexes, et devenir ainsi le narrateur de l'histoire.

Les récits peuvent ensuite être relus dans leur intégralité par les élèves dès le début du CE1.

Les ouvrages de la collection sont **testés** par des enseignant(e)s et proposent trois niveaux de difficulté selon les textes des bulles: **Je déchiffre**, **Je commence à lire**, **Je lis comme un grand**.

L'enfant acquiert ainsi une autonomie progressive dans la pratique de la lecture et peut connaître la satisfaction d'avoir lu une histoire en entier…

Un moment privilégié à partager en classe ou en famille!

Nathan © 2013, illustrations de M. Allag, Z. Zonk